VENTE DU VENDREDI 15 NOVEMBRE 1895

HÔTEL DROUOT, SALLE N° 1

à deux heures

OBJETS D'ART

ET

DE CURIOSITÉ

CHINOIS, JAPONAIS ET EUROPÉENS

IVOIRES, PORCELAINES

Objets de vitrine, Éventails

BRONZES, OBJETS DIVERS

MEUBLES DU TONKING

Étoffes

EXPOSITION PUBLIQUE

Le Jeudi 14 novembre 1895, de 1 heure 1/2 à 5 heures 1/2

COMMISSAIRE-PRISEUR	EXPERTS
Mᵉ PAUL CHEVALLIER	**MM. MANNHEIM Père et Fils**
10, rue de la Grange-Batelière, 10	7, rue Saint-Georges, 7

HONOS
ALIT
ARTES
NATVRA
IMPROM REL DEL ART.

CATALOGUE

DES

OBJETS D'ART

ET

DE CURIOSITÉ

CHINOIS, JAPONAIS ET EUROPÉENS

IVOIRES, PORCELAINES

Objets de vitrine, Éventails

BRONZES, OBJETS DIVERS

MEUBLES DU TONKING

Étoffes

DONT LA VENTE AURA LIEU

HOTEL DROUOT, SALLE N° 1

Le Vendredi 15 Novembre 1895

A DEUX HEURES

COMMISSAIRE-PRISEUR	EXPERTS
Mᵉ PAUL CHEVALLIER	**MM. MANNHEIM Père et Fils**
10, rue de la Grange-Batelière, 10	7, rue Saint-Georges, 7

EXPOSITION PUBLIQUE

Le Jeudi 14 novembre 1895, de 1 heure 1/2 à 5 heures 1/2

CONDITIONS DE LA VENTE

La vente sera faite au comptant.

Les adjudicataires paieront *cinq pour cent* en sus des enchères.

L'Exposition mettant le public à même de se rendre compte de l'état des objets, il ne sera admis aucune réclamation une fois l'adjudication prononcée.

Paris. — Imp. de l'Art. E. Moreau et Cⁱᵉ, 41, rue de la Victoire.

DÉSIGNATION DES OBJETS

IVOIRES

1 — Statuette en ivoire : Sainte Femme debout. Ancien travail espagnol.

2 — Statuette en ivoire : Sainte Femme debout en prières. Ancien travail espagnol.

3 — Deux statuettes-appliques en ivoire : Saintes Femmes en prières. Ancien travail espagnol.

4 — Statuette de saint Jean en ivoire. Ancien travail espagnol.

5 — Figurine en ivoire : le Bon Pasteur endormi. Ancien travail espagnol.

6 — Petit rocher avec source, en ivoire. Ancien travail espagnol.

7 — Statuette en ivoire : Saint Personnage. Ancien travail espagnol.

8 — Statuette de moine en ivoire. Espagne.

9 — Deux pièces : poignard à manche d'ivoire en forme de main, et fragment en ivoire.

10 — Statuette en ivoire sculpté du Japon : Jeune Femme debout, un écran à la main.

11 — Boîte en ivoire sculpté du Japon.

12 — Quatre cachets variés en ivoire. Travail de l'Indo-Chine.

13 — Deux boîtes à bétel en ivoire. Travail chinois.

CÉRAMIQUE

14 — Petit bol en ancienne porcelaine de Chine, à décor de vases ; support en bois.

15 — Deux pièces : petite coupe trilobée, à fleurs sur fond bleu, et petit bol, décoré de dragons, en ancienne porcelaine de Chine.

16 — Jeu de neuf petits plateaux en porcelaine de Chine.

17 — Deux petits plateaux en ancienne porcelaine de Chine, décor bleu.

18 — Bol à décor bleu de paysages ; même porcelaine.

19 — Jardinière, décor bleu d'attributs ; même porcelaine ; support en bois.

20 — Tasse avec couvercle et support, décor de fleurs sur fond mauve ; même porcelaine.

21 — Plat, décor bleu de paysages; même porcelaine.

22 — Boîte à compartiments en porcelaine de Chine : oiseaux et fleurs.

23 — Deux théières en poterie brune de la Chine.

24 — Deux plateaux en poterie du Cambodge : oiseaux et divinité.

25 — Deux grands vases en porcelaine du Japon, à décor bleu, rouge et or : fleurs et rochers.

26 — Grande boîte lenticulaire en émail cloisonné sur porcelaine. Japon.

27 — Plateau en porcelaine du Japon.

28 — Deux petits vases en poterie de Satzuma : Personnages.

29 à 45 — Environ 370 pièces : plats, assiettes, tasses, soucoupes, vases, théières, pots à eau en porcelaine de la Chine, du Japon et de la Compagnie des Indes. (Seront divisées.)

46 à 48 — Environ 30 pièces : porcelaine et faïence européennes.

49 — Lot de fragments de céramique variés.

50 — Sept pièces : azulejos espagnols variés.

OBJETS DE VITRINE. ÉVENTAILS

51 — Reliquaire en forme de pyramide avec pied balustre en cristal de roche monté argent. Écrin en cuir doré.

52 — Reliquaire de forme ovale et sur pied balustre en cristal de roche et cristal monté en or émaillé, argent doré et pierres de couleur. Écrin en cuir doré.

53 — Corbeille en filigrane d'argent à décor de palmettes.

54 — Épingle de cravate montée en or.

55 — Broche en filigrane d'or.

56-57 — Deux paires de boucles d'oreilles, roses montées argent. XVIIIe siècle.

58 — Bague composée de cinq anneaux mobiles en cuivre, chaton orné de roses montées argent. XVIIIe siècle.

59 — Broche ornée de roses montées argent. XVIIIe siècle.

60 — Plaque d'ordre espagnol en argent.

61 — Pièce de monnaie d'or, datée 1796.

62 — Vingt-six pièces de monnaie d'argent, pour la plupart portugaises.

63 — Trente pièces de monnaie de cuivre.

64 — Cinq pièces : quatre petites miniatures, non encadrées, et petite boîte en porcelaine à sujet mythologique.

65 — Cinq pièces : trois montres et deux boîtiers de montres décorés au vernis et en cuivre émaillé.

66 — Trois petits éventails, dont deux Empire, en étoffe et ivoire, le troisième en corne laquée.

67 à 69 — Dix-neuf éventails et feuille d'éventail à mon-
. tures de nacre et d'ivoire de travail européen et chinois, dont deux avec écrin laqué.

BRONZES

70 — Deux grands brûle-parfums avec couvercle et support en bronze du Tonking à décor d'arbustes, chiens de Fô et autres animaux.

71 — Brûle-parfum en bronze formé d'un crapaud. Travail indo-chinois.

72 — Deux petites boîtes lenticulaires, l'une en bronze avec support à décor d'oiseau ; l'autre, en bronze incrusté d'or : Paysage avec bateau. Travail du Tonking.

73 — Aiguière et bassin en cuivre incrusté de métaux divers. Travail du Tonking.

74 — Cinq plats variés en cuivre incrusté de métaux divers. Travail du Tonking.

OBJETS DIVERS

75 — Deux panneaux en bois laqué, à décor d'oiseaux et de branches fleuries en nacre et ivoire rapportés. Travail japonais.

76 — Panneau en bois laqué, décoré d'un singe tenant un oiseau en ivoire rapporté. Japon.

77 — Deux petits panneaux en bois laqué, à décor d'animaux en ivoire et nacre rapportés. Travail japonais.

78 — Boîte haute en forme d'éventail. Laque du Japon.

79 — Trois boîtes laquées variées.

80 — Boîte en bois et cuivre.

81 — Deux pièces : cadre en bois incrusté de nacre et petit panneau en marqueterie de pailles de couleur.

82 — Deux épées à poignée et fourreau de cuivre incrusté de métaux divers. Travail du Tonking.

83 — Deux épées à poignée d'ivoire sculpté et fourreau de bois incrusté de burgau. Travail du Tonking.

84 — Couteau annamite.

85 — Cinq pièces : racine sculptée, pitong et trois statuettes chinoises.

86 — Lot de socles chinois.

87 — Deux cornes de rhinocéros.

88 — Quatre pièces, pierre de lard : Divinités et rochers. Chine.

89 — Croix sur base hexagone plaquée de nacre sculptée.

90 — Quatre pièces : deux triptyques, l'un en bois et en cuivre, l'autre en bronze, et deux plaquettes en bronze.

91 — Quatre petites croix en cuivre dont deux de travail gréco-russe.

92 — Petit cadran solaire en bronze du XVIIIe siècle.

93 — Six pièces : coquille gravée, petite gourde en bronze, petite boîte cylindrique en ivoire, petit éléphant en bois, petite boîte en cuivre émaillé, et petite boîte plate en écaille incrustée d'argent.

94 — Trois volumes reliés.

95 — Lot de gravures.

96 — Lot d'agates variées.

97 — Cave à liqueurs.

98 — Deux épées de cour, poignée en cuivre et nacre.

99 — Trois javelots.

100 — Trois cornes.

101 — Quatre coffrets variés, laque et cuir.

102 — Sept pièces, cuivre : aiguière, bassins, lampe, bouteille et vase couvert.

103 — Quatre clés.

104 — Quatre pièces, en verre blanc décoré de fleurs : deux vases et deux bouteilles.

105-106 — Environ trente-deux pièces, verrerie.

107 — Trois pièces : cadre contenant un lot de moulages d'intailles et deux panneaux en imitation de mosaïque.

108 — Deux portraits : Jeune Femme et vieillard. Toile.

109 — Sainte-Vierge en prières. Peinture sur bois.

110 — Sainte Famille et sainte femme. Peinture sur cuivre.

111 — Quatre peintures sur cuivre : sujets bibliques. XVIIe siècle.

112 — Trois malles.

113 — Deux bras-appliques à deux lumières en émail peint de la Chine.

114 — Deux grands vases en émail peint de la Chine.

115 — Six pièces, émail peint de la Chine : aiguière, deux bassins, assiette, petit plateau et petit vase.

116 — Deux boîtes variées en ancien émail peint de la Chine, fond bleu.

117 — Deux petits plateaux en émail peint de la Chine : Dragons.

118 — Plateau en émail peint de la Chine : Dragon.

119 — Petit bol en émail peint de la Chine : Fleurs sur fond bleu.

120 — Petite potiche avec couvercle en émail cloisonné du Japon : Papillons.

121 — Deux plateaux en émail cloisonné du Japon.

MEUBLES

122 — Grand cabinet à tiroirs, portes et coulisseaux en bois incrusté de burgau : combats, paysages et fleurs. Ancien travail du Tonking.

123 — Table basse oblongue en bois incrusté de burgau à décor de branches de fruits et oiseaux. Travail du Tonking.

124-125 — Deux plateaux ovales en bois incrusté de burgau et variés de décor : fleurs et paysages animés. Travail du Tonking.

126 — Plat ovale en bois incrusté de burgau à décor de cours d'eau, barques et fleurs. Travail du Tonking.

127 — Trois petits plateaux variés en bois incrusté de burgau à décor de paysages animés. Travail du Tonking.

128 — Lit à baldaquin en bois dur sculpté orné d'oiseaux, attributs, etc., avec couvre-lit en soie brodée, à décor de dragons et bandeau en soie brodée avec effilé, décoré d'oiseaux. Travail du Tonking.

129 — Coffre oblong à couvercle bombé couvert de cuir noir gravé, à décor de feuillages, rosaces et armoiries. Base en bois sculpté. Ancien travail portugais.

130 — Deux socles-appliques variés en bois sculpté, à décor de feuillages et tête de chérubin.

ÉTOFFES

131 — Dessus de lit en coton brodé, à décor d'oiseaux et de fleurs. Travail des colonies portugaises. XVIIe siècle.

132 — Bandeau en soie jaune brodée à fleurs. Travail des colonies portugaises. XVIIe siècle.

133 — Panneau en ancien damas vert à grands ramages.

134 — Panneau en soie brochée à fleurs sur fond rose.

135 — Trois pièces : fragment en ancienne soie brochée, à fleurs sur fond vieux rose, bande d'ancienne soie brochée à fleurs sur fond crème et fragment d'étoffe imprimée à personnages.

136 — Cinq panneaux variés japonais en satin brodé : oiseaux et fleurs sur fonds rose clair, bleu pâle, jaune, rose et marron.

137 — Autre plus grand en satin bleu foncé brodé, à décor d'oiseaux et de fleurs.

138-139 — Sept pièces : six panneaux variés et tablette de cheminée en soie et satin brodés. Chine.

www.ingramcontent.com/pod-product-compliance
Lightning Source LLC
LaVergne TN
LVHW021622170726
843501LV00010B/4117